Depois do azul

Plataforma21 é o selo jovem da V&R Editoras

EDIÇÃO Fabrício Valério e Flavia Lago
EDITORA-ASSISTENTE Thaíse Costa Macêdo
DIREÇÃO DE ARTE Ana Solt
CAPA E PROJETO GRÁFICO Bloco Gráfico
ASSISTENTES DE DESIGN Lais Ikoma e Stephanie Y. Shu
IMAGEM DE CAPA Krista Long | Getty Images
ILUSTRAÇÕES Stéphane Poulin

Dados Internacionais de Catalogação na Publicação (CIP)
(Câmara Brasileira do Livro, SP, Brasil)

Turgeon, Élaine
Depois do azul / Élaine Turgeon
Título original: *Ma vie ne sait pas nager*
Tradução: Glenda Verônica Donadio e
Silvana Vieira da Silva
São Paulo: Plataforma21, 2017.

ISBN 978-85-92783-31-0

1. Ficção – Literatura juvenil I. Título.

17-05740 CDD-028.5

Índices para catálogo sistemático:
1. Ficção: Literatura juvenil 028.5

VERGARA & RIBA EDITORAS S.A.
Rua Cel. Lisboa, 989 | Vila Mariana
CEP 04020-041 | São Paulo | SP
Tel.| Fax: (+55 11) 4612-2866
plataforma21.com.br | plataforma21@vreditoras.com.br

Élaine Turgeon

Depois do azul

TRADUÇÃO
Glenda Verônica Donadio e
Silvana Vieira da Silva

PLATA FORMA 21

À minha mãe
Ao meu pai
À vida

La vie ne sait pas nager.
Je rame, je pédale, je chavire.
Je fais tout ce que je peux
*pour ne pas couler.**

Ariane Moffatt
DANS UN OCÉAN

* Tradução da música "Dans un Océan" ["Em um oceano"] de Ariane Moffatt: "A vida não sabe nadar. / Eu remo, eu nado, escorro a água. / Faço tudo que posso / para não afundar mais." (N. T.)

Primeira parte

21 de janeiro

A vida tem uma maneira de nos surpreender quando menos esperamos. Como tempestade que se levanta sobre um lago calmo justamente no instante em que acabamos de retirar o colete salva-vidas. É sempre nesse momento que a vida escolhe dar um golpe. Um minuto de desatenção, e PAF! A canoa aproveita para furar e os remos afundam. Não podemos confiar em nada. Essa vida de cão que nos afoga e nos leva junto dela.

um

Geneviève não havia tido nenhuma dificuldade para encontrar as chaves. A piscina era sua segunda casa. Lá ela passava a maior parte de seu tempo. Quando não treinava com os outros atletas do clube de natação, mergulhava na piscina pequena, para se livrar do peso que carregava permanentemente junto de si.

A água havia sido por muito tempo uma fiel aliada. Herança de um tempo que ela mesma não lembrava, quando sua mãe, grávida de gêmeas, ia buscar ajuda junto ao rio.

“Seria tão fácil entrar nessas águas e me deixar afogar”, pensava então Jeanne.

Em vez disso, Jeanne havia esgotado todas suas forças para dar um fim à gravidez e vencer o dilúvio de lágrimas que a afogava cada vez mais frequentemente, desde quando se descobriu grávida.

"O que acontecerá com essas duas pequenas criaturas, abrigadas onde habita minha dor? Toda essa preocupação que cava e cava novamente espaços vazios em mim. Como trazer ao mundo seres plenos quando eu mesma sou invadida pelo vazio? Como vou fazer para amar e cuidar dessas duas vidas ao passo que me encontro tão mal comigo mesma?"

Jeanne havia dado à luz prematuramente – como ocorre com frequência em casos de gêmeos – a duas meninas. Cada uma, desde o primeiro contato com o exterior, havia reivindicado sua singularidade. Lou-Anne, gritando até rasgar os pulmões e Geneviève não emitindo nenhum som, de tal maneira que se acreditara, em um curto espaço de tempo, ter perdido uma das gêmeas.

Curiosamente, após dar à luz, a vida pareceu mais simples para Jeanne. Como se a chegada das bebês e todos os cuidados a afastassem da sua dor.

E havia Jacques. Pequena boia luminosa em sua noite negra. Eles se encontraram pela primeira vez em um ponto de ônibus. Quando ele a viu subir no veículo, Jeanne chorava. Ele lhe ofereceu um lenço e propôs acompanhá-la até em casa, depois que ela já havia efetuado o trajeto entre as ruas Sherbrooke e Henri-Bourassa pela oitava vez. Jacques estacionou o ônibus em uma área proibida, em frente a seu apartamento na Rue Rachel, e foi severamente repreendido por seu superior por não ter conduzido o veículo à garagem da STCUM logo após o turno de trabalho.

Dezoito anos depois, ele ainda encontrava Jeanne no ponto de ônibus, e agora como seu marido. Quando ela entrava no veículo, Jacques sempre lhe oferecia um lenço. Ela aceitava, por educação, e se sentava em um de seus bancos habituais, onde ela podia ver, através dos retrovisores, os olhares amorosos e cúmplices de seu marido.

Mas Geneviève não pensava nem em sua mãe nem em seu pai no momento em que girava a chave na fechadura da porta do vestiário da piscina, às vinte e três horas e quarenta minutos. Ela simplesmente dizia a si mesma que aquela era a última vez que ela realizaria aquele gesto.

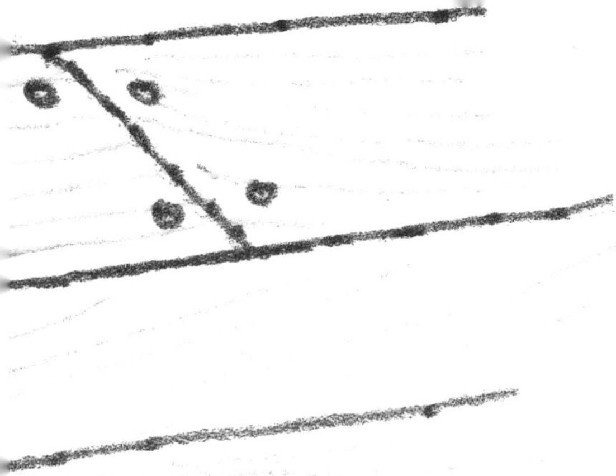

Subi nas vigas do sótão.
Estava me sentindo tão mal ali
que já me sentia arrependida.
A viga era tão ~~gelada~~ fria
e mais intransigente que eu mesma.
Não me tolerava
e eu sentia minha pele perfurada por pregos.

Ainda estou aqui.
Geneviève, 11 de janeiro

Se eu pudesse ao menos fugir da minha vida,
subtrair-me do tédio que é viver.

21 de janeiro, mais tarde

Preciso fazer alguma coisa. Correr, andar, não importa o quê. Desde que isso me afaste dessas imagens que não param de se formar na minha cabeça. A água que me oprime e me sufoca. Muita água. Toda essa água. E a Geneviève embaixo disso tudo. Eu não posso mais. Minha irmã me deixou aqui e eu não termino nunca de me afogar. Totalmente sozinha.

dois

Tudo havia sido cuidadosamente encenado como só Geneviève sabia fazer. Além do mais, não diziam que ela tinha talento para a tragédia? Na verdade, ela era talentosa e ponto. Seus professores afirmavam que ela tinha uma escrita inspirada. Sombria, mas inspirada. Ela acumulava prêmios no esporte. As paredes de seu quarto eram cobertas de ilustrações que, apesar de mórbidas, testemunhavam certo talento. O desenho sempre lhe permitira exteriorizar os monstros que a atormentavam por dentro.

Na mesma manhã, ela roubou na farmacinha de sua mãe um frasco de sonífero – Jeanne acabara de renovar sua prescrição – e dois comprimidos de acetaminofeno. Geneviève poderia igualmente ter escolhido outros pequenos frascos de cápsulas gelatinosas ou pastilhas coloridas, pois o armário continha uma boa quantidade delas. Mas, como ela não conhecia seu uso e, sobretudo, seus efeitos, preferiu pegar as que lhe eram familiares. Além disso, lhe acontecia, assim como a sua mãe, sofrer de insônia e de enxaqueca, e aqueles fiéis comprimidos sempre haviam sido de ajuda preciosa. Por que hoje isso seria diferente?

Era a véspera de seu aniversário. Quinze anos. Como seu pai gostava de lembrar, ela conquistaria seu décimo sexto ano.

Habitualmente, a família Boisclair enfatizava o aniversário das gêmeas com muita pompa. Como se, para compensar o fato de elas terem a mesma data de nascimento, fosse necessária uma celebração dupla. Mas este ano, Geneviève havia decidido comemorar de outra maneira.

Ela trouxera seu CD preferido do momento sabendo que o aparelho de som do ginásio lhe permitia tocar uma música repetidamente. Portanto, ela escolheu cuidadosamente a faixa que a acompanharia. A letra da música de Ariane Moffatt ressoava em sua cabeça:

Je mets mes branchies et je m'enfouis.
Sous l'eau, c'est tellement moins pesant.
Je rince tout ce que j'ai en dedans.

Sous l'eau, c'est fou comme je me détends.
*Je rêve de vivre dans un océan.**

A adolescente sabia a letra de cor; mesmo que a canção fosse alegre, se transformava completamente na boca de Geneviève. Era como se revelasse um estranho lado sombrio só conhecido por ela.

A música se repetia há mais de oito horas quando o grupo 203, constituído por alunos do segundo ano do Ensino Médio, adentrou o ginásio.

* Tradução da música "Dans un océan" ["Em um oceano"], de Ariane Moffatt: "Coloco minhas brânquias e fujo. / Sob a água, é tão menos pesado. / Enxaguo tudo que tenho por dentro. / Sob a água, é incrível como relaxo. / Sonho viver em um oceano." (N. T.)

Quando estou triste, corto meus cabelos.
No momento em que atinjo a raiz, troco de extremidade.
Corto minhas unhas até **sangrarem**.
Eu lixo os dentes, me ~~lav~~ ensaboo até o osso.
Paro sempre antes do fim.
É necessário **crer** que subtrair alivia. ⊖

Geneviève, 12 de janeiro

(+ tarde)

Conto as horas que me separam do momento em que poderei enfim dormir. Se eu pudesse apenas **dormir**. Os dias e as horas escoam em um ritmo insustentável. Tenho a impressão de que cada segundo dura uma **eternidade**. Esse tédio nunca mais terá fim? Eu me afundo em um melaço, em uma poça de areia movediça que não para de me puxar para o fundo, com a **diferença** de que minha areia movediça é sem fundo,

sem fim.

22 de janeiro??

Nós somos o dia ou a noite? O despertador indica onze horas e onze. Faço um pedido. Não importa o quê. Contanto que isso coloque um pouco de esperança nesse dia ferrado. Dormi na casa da minha avó. Meu pai veio me trazer de volta aqui porque minha mãe gritava e batia em tudo o que caía na mão dela. Inclusive eu.

Ele disse que eu ficarei melhor aqui. Não estou certa de que ele tenha razão. A boca da minha avó se deformou por uma cólera que não para de aumentar, de hora em hora. Seus pequenos olhos cinza lançam um ar de reprovação a tudo que encontram. Eu desconfio que ela tenha passado a noite acordada, sentada na cama, a maldizer a vida. Ela se fechou em um silêncio que eu conheço bem demais. O da minha mãe. O sinal precursor de uma tempestade que não poupará nada nem ninguém, sobretudo ela mesma.

As reprovações escoam de todas as partes desde ontem. É sobre quem jogaria primeiramente a culpa no outro: minha avó em minha mãe, minha mãe na escola, a escola em meus pais. Minha mãe até criticou minha avó por ter lhe transmitido os genes podres. Foram as palavras que ela usou. "Genes podres" que a apodreceram e que ela, posteriormente, transmitiu à própria filha.

Por uma razão que ignoro, minha mãe abstraiu-se de mim voluntariamente. Como se eu não existisse. Ou como se, ao perder uma de suas gêmeas, ela houvesse perdido as duas de uma vez. Não se pode ter uma sem a outra. Como um par de sapatos que, perdendo seu pé direito, não será mais um par de sapatos, apenas um pé esquerdo. E o pior é que ela não está completamente errada: não haverá nunca mais gêmeas. Não haverá nada além de mim. De mim.

três

A piscina era dotada de um sistema de iluminação que tornava possível a difusão da luz sob a água. Geneviève jamais gostara de nadar em águas escuras. Ela se lembrava bem demais do sentimento de pânico que a invadia cada vez que a água turva de um lago ou de um rio, à noite, não lhe permitia mais ver seus pés. Era seu ponto de referência, ver seus pés. Todo mundo a achava ridícula por isso. Como uma nadadora tão boa podia ter medo? Medo de quê, exatamente? Não era racional. Era como um monstro submarino que, como todos sabem, assombra os cursos d'água. Assim como forças obscuras e sem nome que ela pressentia, que a atraíam para o fundo sem jamais deixá-la retornar à superfície. Assim como a água era para ela uma fonte de bem-estar, também trazia um monte de medos devoradores à tona.

Geneviève teve o cuidado de trazer seu pijama, aquele que sua mãe lhe dera em seu último aniversário. Era uma tradição dos Boisclair: cada ano celebrado era a ocasião de receber um novo pijama. Foi Jeanne que instaurou essa tradição, em memória do primeiro ano de vida das gêmeas, pois os dias escoavam tão rapidamente que a jovem mãe, assoberbada, não achava mais tempo para se vestir e estava sempre com um pijama de flanela xadrez de manhã até a noite.

No vestiário, Geneviève dobrou cuidadosamente suas roupas antes de colocá-las em um saco plástico. O porteiro o encontraria no fundo da grande lixeira cinza. Lá haveria também sua mochila contendo a coletânea de poemas de Baudelaire, um pequeno caderno com uma infinidade de desenhos e textos riscados, além de restos de conchas reduzidas a pó no fundo de uma bolsinha, lembrança da última passagem da família à beira-mar.

Todas as temporadas à beira-mar eram o momento de uma "busca", como ela chamava. Conchas e pedras representando tesouros. O prazer residia unicamente na intensidade do instante consagrado àquela busca. Uma vez que ela havia descoberto um tesouro que correspondia a seus critérios de perfeição, ela o abandonava no vazio de um bolso ou de uma bolsa e partia imediatamente à procura de outro, necessariamente mais bonito, mais suave, mais brilhante.

Os bolsos de suas roupas continham as conchas envelhecidas e as pedras descascadas, para o grande desespero de seu pai que as encontrava no fundo da lavadora e que se recusava a jogá-las fora. Como podia um objeto passar do estatuto de tesouro ao de lixo simplesmente transitando de uma praia para um bolso? Jacques colocava cada um dos tesouros rebaixados de sua filha em uma caixa de sapatos. As caixas se empilhavam no subsolo. Não se jogam fora lembranças felizes. Mesmo aquelas das quais nos esquecemos.

Geneviève havia deixado escorregar, no bolso direito do pijama, uma pequena mecha de seus cabelos louros acinzentados. Aquela que sua mãe havia cortado e conservado quando as gêmeas não tinham mais que um ano. Uma fita de cetim azul pálido retinha juntos os cabelos delicados e sedosos. Sem saber exatamente porquê, Geneviève sempre teve uma fascinação por essa mecha de cabelos. Senti-la no fundo de seu bolso lhe proporcionava um sentimento de segurança.

Depois de ter programado o aparelho de som e vestido seu pijama, Geneviève começou a soprar o colchão inflável. Ela o tinha procurado, na véspera, no porão. Ela refletiu por muito tempo na maneira mais segura de chegar a seus fins sentindo a menor dor possível. Partir, sim, porém sem sofrer. O sono lhe havia sido sempre de uma ajuda preciosa: boia fiel no curso de numerosos naufrágios precedentes.

Sentada na borda da piscina, os pés na água, sua cabeça girava. Todo aquele ar que passava de seus pulmões para o colchão a deixava tonta. Ela fechou a válvula, deixou o colchão flutuar sobre a água calma e deitou-se. Seu olhar pousou no teto. Ela conhecia de cor seus detalhes mínimos. Cada lâmpada, cada viga, cada furo no gesso podiam informá-la sobre o local em que ela estava na piscina.

Maquinalmente, ela se comprometeu a contar, uma a uma, as bandeirinhas coloridas que pendiam acima de sua cabeça. Quando alcançara a contagem final, recomeçou, então, mais uma vez, para obter coragem.

Momentos antes, ela havia deixado os frascos de pílulas sobre a borda da piscina, acompanhados de uma grande garrafa de água mineral. Lentamente, ela se levantou com os cotovelos, tirou as pernas da água para cruzá-las e abrir a tampa de cada um dos três frascos. A seguir, ela os alinhou em paralelo à borda de cerâmica turquesa. Notou que os comprimidos de sonífero possuíam o mesmo matiz da cerâmica. É incrível que alguns detalhes pareçam nos apontar um sinal quando precisamos desesperadamente deles. Geneviève decidiu que a combinação da cor do sonífero e da cerâmica lhe dava sinal para continuar.

Tudo se passou lentamente no azulejo turquesa. Como se o tempo agora estivesse de acordo com o ritmo de cada um dos goles dados por Geneviève.

Um lago, à noite.
Eu, sozinha, no meio da minha vida.

Geneviève, 15 de janeiro

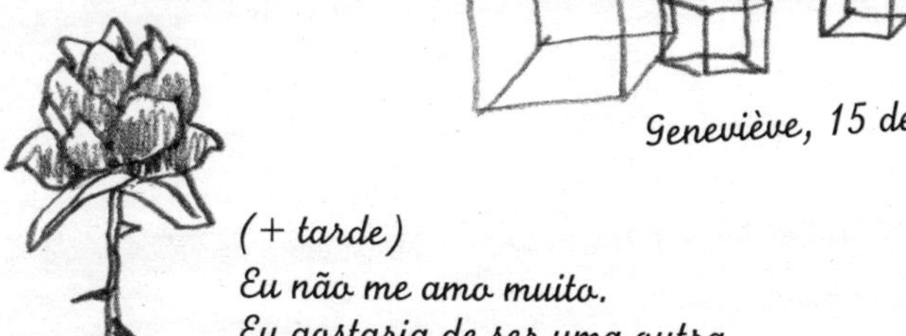

(+ tarde)
Eu não me amo muito.
Eu gostaria de ser uma outra.
Me parece que tudo é melhor em outro lugar,
(fora de mim.)

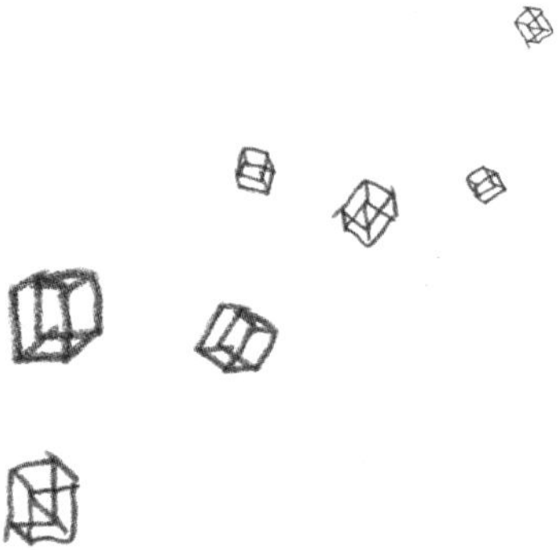

Será que todo mundo sente isso?
E, se todo mundo está aprisionado em
sua solidão e seu tédio como eu,
por que todo mundo finge?
Será que todo mundo sofre como eu sofro?
Será que todos nós temos uma ~~rocha~~ pedra atada
no pescoço que nos arrasta irremediavelmente
para o fundo?

↓

E, se sim, por que alguns afundam
e outros chegam a flutuar?

Por que **eu** não flutuo???

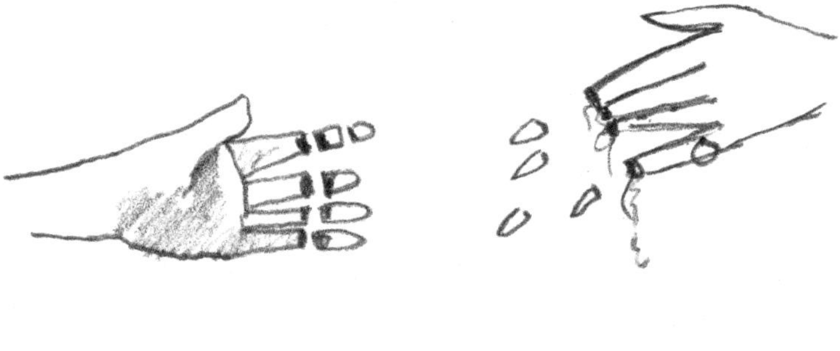

22 de janeiro, catorze horas e doze minutos...

O telefone não para de tocar. Minha avó não reage e sinto que é melhor não a contradizer indo atender. Mesmo sem fome, nem uma nem outra, preparei alguma coisa para nós duas. A sopa esfriou e então endureceu.

Passei em casa para pegar minhas coisas. Ao chegar, meu pai se levantou para me abraçar. Forte demais. Ele vestia as mesmas roupas de ontem. Sem dizer uma palavra, se inclinou e recomeçou a esfregar o piso da cozinha. Como se pode lavar o chão em um momento como este? Ao levantar a cabeça, vi que ele havia igualmente lavado os armários; a louça, as panelas, e uma quantidade incontável de pratos de plástico repousava, empilhada sobre o balcão da pia. O brilho das janelas e a brancura dos eletrodomésticos testemunhavam também o tipo de noite que meu pai havia passado.

Embora minha mãe não estivesse lá, a lembrança de sua presença se fazia sentir na sala de estar: os balões de festa perfurados espalhavam-se pelo solo e uma caixa embrulhada como a prova de um presente jazia perto de uma poltrona, escancarada. Por um dos rasgos da caixa, o que adivinhei ser a manga de um pijama, o tecido excedia estranhamente como o membro de uma marionete desarticulada. Um segundo pacote, intacto, parecia ter sido poupado e abandonado na beira da lareira. Meu presente.

Apressei-me para subir e pegar minhas roupas, evitando cuidadosamente olhar o quarto do fundo. Uma lembrança me invadiu no momento em que fechei a porta do meu quarto.

Geneviève e eu tínhamos seis ou sete anos. Nós estávamos no chalé, à beira do rio. Minha mãe tinha seu sorriso de dias felizes. Ela seguia com os olhos nossa corrida e isso lhe era suficiente para aceitar viver outro dia. Meu pai, amorosamente, a observava nos contemplar. Geneviève me arrastou para a água. Eu não queria segui-la. Ela me enfrentou, os dois pés plantados na areia. "Se você não vier comigo, eu me afogo." Eu dei de ombros e me juntei à minha mãe sob o guarda-sol. Jeanne não ouviu nada. Ela sorriu, o corpo abandonado na cadeira de praia. Geneviève nos desafiou com um ar sombrio e teimoso. Ela saiu da areia, nos deu as costas e se projetou para a água. Lágrimas de impotência escorrem em minhas bochechas.

Foi meu pai quem a procurou quando as bolhas começaram a estourar na superfície d'água.

quatro

Geneviève mergulhou a ponta dos dedos do pé na piscina. A água estava gelada, mas ela já estava acostumada. Com os anos de treinamento, era como se seu corpo estivesse coberto por uma segunda pele que a protegia do frio, do cloro e de tudo que proliferava em uma piscina. Ela se deixou deslizar lentamente na água.

Naturalmente, ela se comprometeu a dar algumas braçadas. Para sentir, uma vez mais, o efeito de seus membros que cortavam a superfície d'água em movimentos regulares; a ligeira sensação de opressão dos pulmões que procuravam seu ar entre cada respiração. Sentir-se flutuar, amparada por braços invisíveis, e ao mesmo tempo experimentar a necessidade absoluta de se propulsar para não ser engolida pela água.

Após um tempo, os medicamentos começaram a fazer efeito. Os braços e as pernas da adolescente apresentavam sinais de dormência e sua cabeça zumbia ligeiramente. Com pesar, ela saiu da piscina.

Não tendo a chave, ela teve que forçar a fechadura do armário que continha todos os equipamentos de mergulho submarino. Germain, seu instrutor de mergulho, ficaria decepcionado com ela, ele que tomava tanto cuidado com seu material. É nesse detalhe que pensava Geneviève afivelando o cinto de chumbo à sua cintura.

Ela caminhou em direção ao colchão inflável que flutuava em um canto da piscina e se deixou cair de bruços. As bordas de seu pijama molhadas congelavam a pele. Ela se enrolou no pequeno colchão estampado de peixes para manter o próprio calor. Afora as luzes que clareavam o fundo d'água, a piscina estava mergulhada na escuridão.

Usando suas mãos como se fossem dois remos, Geneviève se aproximou das folhas e do lápis que ela havia colocado na borda da piscina. Ela escreveu. Por muito tempo. Ideias negras e cinzentas que tinham o costume de atravessar seu espírito.

Quando, sob efeito dos medicamentos, suas pálpebras começaram a fechar, ela tirou de seu bolso um grande alfinete com o qual ela furou as duas extremidades do colchão: dois furos minúsculos pelos quais o ar poderia escapar.

Ela deixou então o alfinete afundar na piscina. Um jovem estudante do Ensino Médio o encontraria preso sob a escada, algumas semanas mais tarde. Ele receberia esta descoberta como um sinal.

Os minutos escorreram, depois as horas. O corpo de Geneviève afundava pouco a pouco no colchão que se esvaziava lentamente. Depois de um tempo, somente seu rosto inconsciente ainda emergia da água. Então, em um movimento lento, seus pés começaram a deslizar para o fundo, levando consigo o resto. Seus braços se elevaram e o corpo de Geneviève, carregado pelo cinto de chumbo, terminou por afundar na água fria da piscina.

Após alguns segundos, o ar que escapava por espasmos dos pulmões de Geneviève formou bolhas que vieram a estourar ao ar livre. Então, como é de costume em uma piscina de escola àquela hora da noite, tudo se tornou calmo na superfície da água.

Jovem
encontrada
morta,
afogada
sob
uma boia.

Geneviève
17 de janeiro

22 de janeiro, sempre e ainda...

Foi pela boca de um policial que minha mãe compreendeu que sua vida jamais seria a mesma. Ao abrir a porta, ela descobriu nosso vizinho, vestido com seu uniforme. E foi com toda rapidez que ele, visivelmente desconfortável, expulsou de sua boca as palavras que Jeanne, desde o início, se recusou a ouvir. Ela levantou as sobrancelhas e explicou calmamente ao vizinho policial que era TOTALMENTE impossível.

– Minha filha não pode simplesmente ter se afogado, uma vez que ela é salva-vidas, senhor. Além disso, ela passou a noite na casa de uma amiga, onde ela deve, a propósito, se encontrar ainda. Sim. É absolutamente impossível, está me ouvindo?

Minha mãe terminou a frase gritando as últimas palavras.

Foi naquele momento que meu pai percebeu que algo estava errado e se aproximou. Minha mãe lhe explicou que o vizinho havia cometido um erro e que ele iria embora. Meu pai pousou a mão no braço de minha mãe e abriu a porta que ela havia começado a fechar na cara do policial. Como se fosse possível expulsar uma notícia ruim fechando a porta no nariz daquele que a traz.

Meu pai fez o vizinho entrar, mesmo sabendo que ele tinha, evidentemente, vontade de estar em outro lugar, e me lançou um olhar. Um olhar daqueles que querem ser reconfortantes, mas possuem, sobretudo, o ar de quem sente que vai receber uma geladeira cheia de cimento na cabeça e que tem apenas um guarda-chuva para se proteger.

Então, tudo correu muito rápido. Rápido demais. Como em um sonho, exceto que ninguém dormia. Todo mundo se sentou em torno da mesa da cozinha. Nela repousei minhas mãos, mais por não saber o que fazer a respeito do que por necessidade de um apoio. Sem reagir, minha mãe escutou o policial repetir, para mim e para meu pai, o que ele acabara de lhe dizer. Ele foi muito breve em suas explicações. As palavras *piscina, encontrada morta, afogada, necrotério* e *identificação* ressoavam na minha cabeça sem que eu conseguisse lhes dar um sentido. Eu olhava alternadamente para o meu pai, para a minha mãe e para o vizinho. Mas enfim, ninguém ia se levantar e dizer que era um sonho, que nada daquilo era verdade?

Minha mãe estava sentada na ponta de sua cadeira e havia começado a arrancar uma a uma as folhas da violeta-africana que dominava o centro da mesa. Ela murmurou, entre os dentes: "Na casa da Maude. Ela está na casa da Maude". Sem pronunciar uma palavra, meu pai se levantou. Ele pegou a agenda telefônica para ligar na casa da amiga em questão. Nos olhos de minha mãe, um sentimento de pânico veio à tona; como se ela já conhecesse a resposta que meu pai receberia do outro lado da linha. O vizinho girava nervosamente sua aliança com o polegar e fixava com desespero o calendário pendurado na parede da cozinha, como se aquilo pudesse ser de alguma ajuda. Eu o olhei, em busca de um sinal de esperança. Em vão. Impotente, ele baixou os olhos.

Quando meu pai desligou, a violeta-africana não tinha mais uma única folha.

cinco

No momento em que o grupo 203 chegou para a aula de natação, os alunos só viram, inicialmente, um velho colchão murcho, flutuando entre as águas. Foi Germain o primeiro a perceber a mancha escura no fundo da piscina, sob o colchão, e o que lhe parecia ser uma massa de longos cabelos claros. Ele fez sinal para os alunos partirem e pegou a longa peneira para mover o colchão. Quando ele a deixou cair no chão para mergulhar na água, o metal gelado ressoou no cimento da piscina. Aquele som se impregnaria na memória de muitos dos estudantes e se aglutinava à sensação de pavor que os apreendia.

Os alunos então acharam o corpo de uma jovem no fundo da piscina. Seus longos cabelos loiros flutuavam, como algas imóveis e silenciosas. Ela estava com um pijama de flanela e usava um cinto de chumbo na cintura. Alguns estudantes recuaram. Um grupo compacto se aproximou, comovidos por uma curiosidade mórbida.

Espalhadas, as folhas de papel boiavam na superfície da piscina. A água e o cloro haviam apagado a tinta e, embora elas tivessem sido cobertas de palavras apenas algumas horas antes, a escrita não era mais legível.

Foi esse último detalhe que deixara a mãe de Geneviève acordada, durante os meses e os anos que viriam a seguir. O que teria escrito sua filha nestas páginas, antes de morrer? A quem se endereçavam aquelas palavras que ninguém jamais leria? Essas perguntas viriam assombrá-la, incansavelmente, todas as noites e pelo resto de seus dias.

O tédio que me espia,
predador fixando sua presa,
torno que me aperta e me sufoca.
Emparedada em meu torpor,
não aspiro nada mais do que ~~fluir~~ afundar
para escapar deste longo tempo pesado
e do lento tédio que é minha vida.

Geneviève, 19 de janeiro

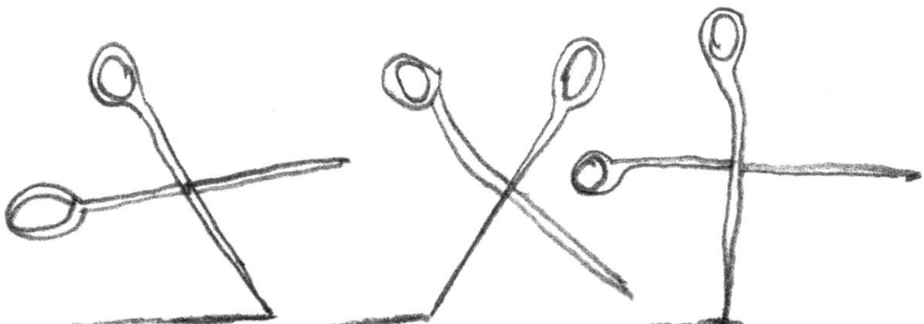

Prostrada nas águas estagnantes
da espera e do tédio.
Eu espero.
Eu ainda espero. **Eu chamo.**
Mesmo assim, nada nunca vem.
Perdi o trem.
Minhas bagagens são pesadas demais para carregar,
perdi meu bilhete,
o trem não virá mais

(agora)

plumas

23 de janeiro

Depois, ele teve de ir ao necrotério. Meu pai foi o encarregado. As imagens me assombram sem que eu possa controlá-las e, dentre elas, imagino o corpo da minha irmã recoberto por um lençol verde, e meu pai que não consegue desviar o olhar do dedo do pé de sua filha, no qual foi fixada uma etiqueta. Uma etiqueta qualquer de identificação.

Quando meu pai voltou de lá, entendi que minha irmã estava morta e foi também nesse momento que, como uma barragem que cede sob a pressão d'água, minha mãe verdadeiramente surtou. Ela não sabe dizer nada além de "minha filhinha, minha pequenina", fixando o vazio que agora se estende a perder de vista diante dela.

Como reagir quando sua mãe perde o contato com a realidade e seu pai se resume a, mais do que nunca, servir de comporta para que ela não se liquefaça e se espalhe no chão? Como fazer para respirar quando o coração que batia uníssono ao seu parou de bater?

Agarrei, então, a única boia que me restava e que me unia à minha irmã: escrever. Escrever como se salta a bordo de uma balsa para fugir de um navio que naufraga.

Segunda parte

Consegui, assim, escalando lentamente,
me pendurando nos galhos que crescem
entre mim e a felicidade.

EMILY DICKINSON

Sem marcas ou vestígios de você

Abandonada

Perdida

Bem lá no fundo de mim

27 de janeiro, dia sem fim

Detesto salas funerárias. Minha irmã deitada no fundo de um caixão. Fechado. Fotos dela colocadas na tampa da caixa. Geneviève na praia, Geneviève durante uma entrega de medalhas, Geneviève, os olhos espumantes e o rosto coberto de pelos de nosso gato, Verlaine. Quem as escolheu? Meu pai, imagino. Gostaria de entrar em uma dessas fotos e encontrar minha irmã. Bela, sorridente e viva.

Geneviève sempre teve um senso de humor melancólico. Lembro que em nosso primeiro dia de aula nos separamos pela primeira vez. No fim da manhã, eu tinha voltado para casa toda feliz, com o número de telefone dos meus vários novos amigos no bolso e de um apaixonado como bônus. Ao meu lado, Geneviève estava ranzinza, de cara fechada, se queixando de que havia pessoas demais naquela escola e que não queria mais voltar lá.

Os amigos e a família passaram a noite toda sem saber o que dizer nem o que fazer. O que se diz a um pai e a uma mãe que acabaram de perder uma filha que, por si só, escolheu morrer? Há, de repente, uma escassez de palavras.

Eu não sabia mais onde me enfiar. Todo mundo fugia do meu olhar. Provavelmente, estar diante da cópia exata de alguém que está morto deixa as pessoas desconfortáveis. Geneviève e eu éramos gêmeas idênticas. Por isso me mantive longe de seu túmulo. Mesmo se o que eu mais desejasse no mundo era estar lá com ela.

Eu adorava minha irmã. Quando éramos crianças, tínhamos uma linguagem secreta que apenas nós compreendíamos. Nós conversávamos adicionando uma sonoridade, que nunca era a mesma, diante de cada palavra que formava nossas frases. Isto podia se parecer com: "Reeu rete amo revelha remal-humorada." Apesar de nossas diferenças, uma grande cumplicidade nos unia; uma espécie de complementaridade. Eu, o lado dia, e ela, o lado noite, como minha mãe gostava de dizer. Sem brigas para escolher roupas, lazeres ou amigos. Nossos gestos eram diametralmente opostos em tudo. Eu sempre adorei o doce. Ela o sal. Eu, as roupas claras, ela, as escuras. Eu, os cantores de língua inglesa e ela, os de língua francesa. Eu jamais teria me suicidado.

Quando uma pessoa morre jovem, perguntamo-nos muitas vezes: "Como ela seria com vinte, quarenta, sessenta anos?". Serei sempre a lembrança constante daquilo que minha irmã poderia ter sido. Mas só na aparência, porque, no interior, eu já não sou mais a mesma. O que verão não será a cópia do que teria sido minha irmã, mas, sobretudo, esse buraco que ela deixou em mim.

Eu queria ter fugido. Não ouvir mais aquele padre louco vomitando asneiras sobre Geneviève. Ele não a conhecia. Ele não era capaz de dizer nada que explicasse, subtraísse a dor. Eu não queria aquelas fórmulas e palavras vazias que tentavam, em vão, nos reconfortar. Eu queria ter ido embora. Não ver mais minha mãe, desmoronada ao lado do meu pai e contando, por cima da voz do padre, a vez em que Geneviève tinha mordido o cachorro do vizinho. Eu não queria mais escutar aquele choro que aumentava e nem os ruídos dissonantes do órgão conseguiam encobrir.

seis

No dia seguinte à morte de Geneviève, a notícia de seu suicídio na piscina da escola tinha se espalhado por todos os cantos. Rumores começavam a circular entre os muros da escola, alguns extremamente mórbidos e outros bem malucos; o mais persistente dizia que um maníaco que já havia atacado em outros ginásios teria forçado a jovem a beber cloro e, em seguida, nadar até a exaustão.

No momento em que os rumores de assassinato e outros roteiros de catástrofe se dissiparam para dar lugar à verdade – Geneviève Boisclair havia se suicidado –, eles foram substituídos por novas hipóteses na tentativa de explicar o gesto. Em vão.

A piscina ficaria fechada por alguns dias. Ninguém sabia por quanto tempo, porém alguns alegavam que ela jamais abriria suas portas novamente e vários afirmavam que se recusariam, a partir de então, a nadar lá. Uma equipe de psicólogos levou apoio e suporte aos alunos e professores abalados pela morte trágica da adolescente.

Entre os professores de Geneviève, o mais duramente atingido foi Germain – seu professor e treinador de natação. É claro que havia o choque de ter descoberto o corpo inanimado de sua aluna no fundo da piscina. Mas havia, sobretudo, a lembrança do peso daquela jovem morta que ele segurou em seus braços para retirá-la da água e que, desde então, foi transformado em uma culpa esmagadora: a de não ter visto nada e de não ter feito nada para evitar esta tragédia.

Germain foi incapaz de assistir ao funeral e se escondeu em casa durante uma semana, atormentado por uma insistente dor de cabeça e pelo luto profundo.

No fundo do rio
Mais nenhum pedregulho brilha

ou reluz.

Todos estão de luto por você.

30 de janeiro

Agora minha mãe não é nada mais do que a sombra de si mesma. Apoiada por meu pai, ela conseguiu enterrar minha irmã aos poucos, mantendo-se de pé com muita dificuldade, mas depois desmoronou. Ela dorme o dia todo e chora a noite inteira. Às vezes, quando deslizo o olhar pela porta de seu quarto, ela se levanta apoiada nos cotovelos com um ar espantado de quem emerge de um pesadelo.

– Geneviève?

– Não mamãe, é Lou-Anne. Apenas a Lou-Anne.

Evito o máximo possível fazer barulho quando passo em frente ao quarto dela. Eu gostaria de ser um fantasma. Não ser mais, para todos aqueles com quem cruzo, a lembrança de uma morta.

Meu pai se transformou num obcecado por limpeza. Ele caça a poeira e a sujeira onde quer que ela se esconda, escovando e polindo a menor parcela daquilo que pode ser esfregado.

Imagino que devo retomar as aulas. Mas ninguém aqui parece se preocupar com o fato se volto ou não à escola. Os dias passam e eu ainda não consigo me acostumar com tudo. Minha irmã morreu. Repito sem parar para mim mesma, sem conseguir dar um sentido a estas três palavras. *Minha irmã morreu*. Isso soa falso, como um sino quebrado que não para de bater em minha cabeça. E o som jamais se extingue. *Minha irmã morreu.*

Minha irmã morreu.

Minha irmã morreu.

O pior é não saber onde ela está. Eu bem sei que seu corpo não existe mais, porém aquilo que fazia com que ela fosse ela mesma, Geneviève, minha irmã, minha irmã gêmea, pra onde foi?

Me sinto como na vez em que a perdemos em um shopping. Eu me julgava responsável por seu desaparecimento. Se eu tivesse apenas segurado a mão dela, no meio da multidão, nós não a teríamos perdido. Eu sentia a perda em meu corpo, como uma metade arrancada de mim. Eu percebia que, onde quer que ela fosse, em qualquer parte daquele grande shopping, ela se sentia tão dilacerada quanto eu. Me sentia conectada a ela, mas não sabia onde ela estava, e foi como se tivesse perdido a mim mesma.

É a mesma coisa agora. Eu a descubro errante, descosturada, arrancada de mim, e não sei onde ela está. Gostaria tanto de crer em algo: um paraíso ou um céu, qualquer lugar onde saberei que ela está segura, mas não consigo imaginar nenhum e não posso tê-la em meus braços para consolá-la. Gostaria tanto de abraçá-la. É o que mais me pesa, eu acho.

Ontem a piscina foi reaberta. Para muitos, o sinal de que a vida poderia recomeçar. Como se todo mundo tivesse prendido o fôlego – por respeito ou por vergonha, dá na mesma. "A vida deve continuar", é o que todos meus amigos me dizem. Como se a vida PUDESSE continuar. Ninguém vê que minha vida está no acostamento? Que ela ficou entre parênteses com a morte da minha irmã? Como querem que eu continue a fazer as tarefas de História, que eu espere o ônibus, que eu cozinhe o macarrão depois disso? Mais nada tem sentido. Tudo, para mim, é fútil. Vivo como um autômato: presente de corpo, porém o resto se foi.

Maude e Valérie me telefonam todos os dias, mas depois das palavras e fórmulas prontas de reconforto com as quais elas me inundam, a conversa murcha e logo se apaga. É preciso dizer que meus silêncios são pesados. Sempre adorei falar ao telefone, às vezes por horas, mas, agora, parece que mais nenhuma conversa poderá me manter do outro lado da linha. Jamais.

Vou ficar na casa da minha avó por algum tempo. Minha mãe não consegue mais cuidar de quem quer que seja, nem mesmo dela. Sempre pensei que minha mãe era uma mulher frágil, mas a morte de Geneviève acabou de desconstruí-la. Acho que ela tirou uma licença por tempo indeterminado no trabalho. Seus colegas vieram visitá-la ontem, mas ela se recusou a vê-los. Seus dias são dedicados exclusivamente à tristeza e ela parece ter mesmo esquecido que tem outra filha.

Após terem esgotado as possibilidades terapêuticas oferecidas dentro de casa, meu pai começou a atacar o lado de fora. Ele colocou na cabeça que vai pintá-la novamente. Sempre que pode, começa a trabalhar e se deixa sorver por essa tarefa até as primeiras horas da manhã. Sessenta e seis mil novecentas e setenta e três telhas de cedro a serem descascadas e recobertas de pintura: o suficiente para assegurar uma demorada fuga para longe da sua dor.

sete

A avó vinha todos os dias para se assegurar de que sua filha comia. Jeanne recusava de toda maneira engolir qualquer outra coisa que não fosse a sopa de sua mãe. Era, contudo, uma sopa muito simples: caldo de frango, um pouco de legumes e macarrão, mas é preciso crer que aquilo possuía um poder calmante.

A mãe e a filha conversavam pouco. O que elas poderiam dizer uma à outra? A assassina série dos "porquês" jogava pingue-pongue em suas cabeças, sem encontrar eco em parte alguma. Por que Geneviève havia tirado a própria vida? O que tinham feito ou o que não tinham feito para suscitar o desejo de morte na jovem? De quem é a culpa? Por que ela nunca lhes disse nada? Como eles podiam nunca ter visto nada?

Nenhuma resposta devolveria a vida à Geneviève. A cólera, a tristeza e a impotência se revezavam na cabeceira da cama de Jeanne.

Pauline esquentava a sopa e a despejava em uma tigela – sempre a mesma – a qual levava então à sua filha. Ela abria as cortinas e pegava os lenços de papel que cobriam o chão. Em seguida, sentava-se por alguns minutos na borda da cama e ia embora para só voltar no dia seguinte e realizar os mesmos gestos: esquentar a sopa, abrir as cortinas, pegar os lenços.

Um dia, pela manhã, ela deixou um envelope na mesinha de cabeceira de Jeanne. Com sua letra fina, ela havia escrito ali o nome de sua filha. Pauline alisou as dobras da própria saia e olhou longamente as flores do tapete. Ela não sabia se Jeanne dormia, mas falou mesmo assim.

– Sabe, eu jamais soube dizer as coisas.

Ela se levantou e permaneceu imóvel, à procura de um ponto de apoio qualquer. Caminhou até a janela e olhou para o ponto de ônibus. Isso seria suficiente para pronunciar as palavras que ela tinha a dizer.

– Escrevi para você. Uma carta.

Ela alisou novamente as dobras da saia e pigarreou.

– Eu a deixei ali. Perto de você – ela murmurou antes de sair do quarto e da casa de sua filha.

Foi correndo que Pauline atropelou os últimos degraus que a levavam para fora.

Jeanne não dormia. Ela levantou o envelope e o apertou contra o rosto. O odor da casa de sua mãe a invadiu. Ela colocou a carta debaixo de seu travesseiro e começou a recontar, pela milésima vez, as oitocentas e quarenta e duas flores do tapete de seu quarto.

Em algum lugar em mim
crescem agora
rios e cachoeiras
que carregam cadáveres e
barcos naufragados

eu não tenho mais pés

nenhum lugar para onde ir

5 de fevereiro

Finalmente, voltei às aulas. Meus amigos fugiam de mim. É uma loucura como o fato de ser a irmã gêmea de uma suicida tem o poder de criar um vazio ao redor. Como se a terra se abrisse a cada passo seu e cavasse uma fenda entre você e o resto do planeta. Quando me aproximo, cochicham, se calam, abaixam os olhos. A mãe da minha amiga Camille chegou ao ponto de proibi-la de falar comigo. "Desculpe", é tudo que ela conseguiu dizer antes de me deixar plantada na frente do meu armário. Como se o suicídio fosse uma doença contagiosa.

Se minha irmã tivesse sido esmagada por um caminhão de dezoito rodas, devastada por um vírus com um nome complicado, ou melhor, acometida por uma doença rara e incurável que provocasse a morte em vinte e quatro horas, certamente encontrariam as palavras e os gestos de conforto; mas, quando o caminhão de dezoito rodas é a própria morte, que o conduzia a cento e cinquenta quilômetros por hora, sem freios nem cinto de segurança, com pneus carecas, e ela mesma fora arremessada contra um muro de cimento, não se sabe mais, repentinamente, o que dizer aos sobreviventes da colisão.

De qualquer maneira, não estou nem aí. Que todos vão para o inferno com seus olhares malditos e inquisidores de merda, seus murmúrios e seus ares de finos psicólogos cheios de pena. Fede a pena todos os lugares por onde passo. ISSO FEDE! FEDE! FEDE!

Tenho a impressão de que uma placa flutua e pisca acima da minha cabeça, como em um comercial de colchões em liquidação, com a palavra SOZINHA em vermelho-neon.

Eu te odeio, Geneviève. Sei que não tenho o direito de te odiar, que eu deveria sentir vergonha disto, mas se você soubesse como eu te odeio por ter me deixado aqui. Por ter partido sem mim. Sem uma palavra. Por que não me disse? Eu teria cuidado de você se eu soubesse. Eu teria te impedido.

Quem cuida de você agora?

oito

Em alguns dias, Jeanne se levantava e percorria a casa. Os cômodos estavam preenchidos da ausência de Geneviève; um desenho, uma foto, um casaco de lã, os sapatos de couro. Jacques não tocara em nada ainda. Ninguém ousava, entretanto é possível que o fizesse. Colocar os desenhos, as fotos, os casacos e os sapatos no fundo de uma caixa. Geneviève não voltaria mais.

O corpo de Jeanne carregava os traços da passagem da filha em sua vida: nem uma ruga, ou cabelo branco esqueceram as noites em claro do primeiro ano, nem uma fibra de sua pele conseguia esquecer a mãozinha de sua filha na sua, o peso de seu corpo em seu quadril, o calor de sua respiração quando ela dormia apoiada em seu pescoço.

Às vezes, no meio da noite, quando Jeanne descia para a cozinha, ela colocava a mesa para Geneviève. Em seu lugar habitual, entre ela e Jacques, em frente a Lou-Anne. Jeanne colocava os talheres, copo e prato para sua filha e fixava o vazio que seu corpo imprimira na cadeira de palha. Isso é tudo o que resta de uma pessoa após sua partida? A lembrança de seu peso sobre um móvel, suas pegadas dentro de um sapato, a marca de seus dentes na ponta de um lápis de madeira?

Rezar

acreditar nisso

para não morrer também

8 de fevereiro

Há dias que tenho o mesmo sonho: vejo Geneviève em uma praia ou em uma estrada que se estende a perder de vista. Ela caminha sozinha. Seus cabelos e sua roupa estão molhados como se chovesse, mas não há uma única gota de chuva. Ela anda e não deixa pegadas. Nenhuma marca. Nem sobre o chão nem sobre a areia.

Eu a chamo. Ela não me responde. Um barulho de trovão enche meus ouvidos, um vento forte, uma chuva pesada ressoam em minha cabeça. Contudo, o dia está bonito e eu sinto o sol que me aquece a pele.

Quanto mais me aproximo da minha irmã, mais o barulho ensurdecedor se intensifica na minha cabeça. Sempre acordo nesse momento. Arrepiada, inundada por uma estranha sensação, como se invadida por umidade.

Minha filha,

Levei anos demais para me decidir. É necessário que eu o faça. Agora. Talvez não seja tarde demais. Para você e para Lou-Anne. Você desculpará minhas hesitações. Você não tem ideia do número de vezes que recomecei esta carta.

Primeiro gostaria de te falar um pouco sobre mim. Não porque tenho vontade, mas porque é algo que se refere a você também. Certas histórias de família são como esponjas que absorvem tudo e isso é transmitido de geração em geração. É nccessário, em um certo momento, extrair daí a água parada. Não carregar o peso da água que não é a nossa.

Minha mãe era uma mulher depressiva e, antes dela, minha avó também foi. Nós, você e eu, jamais falamos dessas coisas, mas sei que você as compreende mais do que pude lhe dizer. Minha mãe provavelmente não queria filhos, mas em sua época não se escolhia. Ela teve duas filhas e três filhos. Meus irmãos não se saíram melhor do que eu: a delinquência representou para eles o papel que a depressão representou em minha vida e na de minha irmã.

Minha irmã Berthe morreu jovem, você sabe. O que você ignora, por outro lado, é que as águas do lago congelado sobre o qual ela foi caminhar, em uma noite de inverno, não podiam suportar o peso de uma pessoa. E tenho certeza de que ela sabia disso.

Casei-me pouco depois da morte de Berthe. Eu queria ir embora. Rapidamente. Então, você veio. Eu fiz de tudo para interromper minha gravidez. Eu não desejava ter filhos, mas, acima de tudo, eu não queria ter uma filha. Acredito que você sempre teve consciência disso, não é?

Se pudesse, rasgaria essa carta em mil pedaços e a queimaria. É provavelmente o que você também tem vontade de fazer neste momento, porém sei que devo lhe dizer essas coisas.

Não fui a mãe que você precisaria ter. Eis porque lhe mandei bem jovem para o internato. E é claro que meu plano não funcionou. Você herdou meu humor sombrio e instável, apesar de todo o cuidado que tive para mantê-la afastada de mim.

Os anos se passaram e acreditei que o tempo arrumaria as coisas. Mas o tempo não arruma nada quando nos confrontamos com a água que se infiltra por toda parte, cavando seu ninho e, com o tempo, apodrecendo tudo o que invade. O tempo é apenas uma desculpa para nos tirar a obrigação de nos assumir.

Quando você teve as gêmeas, pensei que poderia me recuperar um pouco. Desempenhar com elas o papel da mãe que não pude ser. Não consigo explicar as razões que facilitam ser mais amorosa com netos do que com seus próprios filhos, mas é assim. Eu provavelmente falhei em meu papel de mãe, porém sempre considerei que tinha o dever de não estragar o de avó. É também por esse motivo que te escrevo hoje.

Sempre me culparei pelo que aconteceu com Geneviève. Mas vou me culpar ainda mais se deixar você afundar sem tentar nada. Você tem outra filha, Jeanne. Lou-Anne perdeu na irmã sua cúmplice e sua metade. Não a deixe perder a mãe também. Se recupere. Faça esta escolha. Se você não agir, ela afundará também. Você tem esse poder por ela e, provavelmente, por você também.

Pauline

P.S.: Eu queria ter assinado esta carta como "mamãe", contudo, não me sinto capaz. Espero que um dia isso seja possível.

nove

Jeanne colocou a carta sobre seu edredom. A leitura tinha feito uma barragem ceder em seu peito. Como se toda a água acumulada há anos finalmente encontrasse seu curso e pudesse escoar. Ela pegou o telefone e ligou para Pauline.

– Mãe?

– ...

Jeanne jamais havia chamado Pauline de mãe. Uma maneira de demonstrar um distanciamento, o mesmo que Pauline quis estabelecer entre ela e sua filha nos anos anteriores.

Pauline não esperava aquilo. Ela disse para si que sua carta tinha finalidade de ajudar sua filha e sua neta, mas não de ajudar a si mesma. Passados sessenta anos, não se pode fazer mais nada contra aquilo que nos sufocou por uma vida toda. Entretanto, a palavra que sua filha acabava de murmurar lhe cortou a respiração e a deixou sem voz.

Elas choraram muito, disseram várias coisas uma à outra, muitas vezes sem sequer pronunciá-las e, no fim, chegado o momento de desligar, alguma coisa aconteceu entre elas – mas também, talvez, em cada uma delas. Ou quase nada. Mas aquilo já era muito. A dor de Jeanne havia adquirido uma nova amplitude. E a dor de Pauline, encontrado as palavras para se pronunciar. Finalmente.

Seu silêncio
O meu

Os dois entrelaçados no fundo da piscina

11 de fevereiro

Esta noite, tive o mesmo sonho. Aquele no qual vejo minha irmã, ensopada, e não consigo chamá-la. Com a diferença de que, nesta noite, era eu quem estava ensopada. Minhas roupas estavam encharcadas, eu andava com dificuldade com o peso da água me puxando para o chão. Quanto mais eu avançava, mais a maré se retirava. Eu queria ter entrado na água, para flutuar, me livrar do peso dela, mas o mar sempre recuava.

Sentia que Geneviève estava lá, mas eu não a via. Eu abria a boca, mas nenhum som saía dela. Queria voltar, mas meus pés não obedeciam. Eles só sabiam ir para a frente, em direção ao mar que se retirava sem cessar.

Após um tempo que me pareceu uma eternidade, a água começou a subir. Tinha medo, mas estava bem porque sabia que iria flutuar. Acordei no momento em que a água cobria minha cabeça. E eu... não flutuava.

dez

Desde a morte de sua filha, o único alimento que Jacques tinha tempo de comer, três vezes por dia, era uma torrada com queijo. Não porque ele não tivesse mais nada na geladeira – ele continuava a se ocupar com as compras, como de costume – mas porque isso era tudo que ele conseguia ingerir. De manhã, ao meio dia e à noite, ele se sentava na bancada da cozinha e preparava duas torradas com queijo. Frequentemente, uma das duas fatias de pão colava no prato e terminava na lixeira, junto com as suas semelhantes.

Jacques se instalou no escritório, no primeiro andar da casa. O sofrimento de Jeanne era vasto e ocupava todo o espaço. Jacques preferia dormir no chão mesmo, no exíguo espaço de seu escritório. Ele sabia que aquilo não poderia durar eternamente, que Jeanne e ele um dia retornariam à superfície, mas, por enquanto, ele fazia de tudo para se manter na periferia daquela tristeza.

No momento em que Jacques se preparava para comer a segunda torrada do dia, Jeanne apareceu na cozinha. Ela estava pálida. Havia prendido o cabelo e vestido uma calça e uma camisa. Era a primeira vez que ela se levantava após muitos dias. Ela contraiu os músculos da face na tentativa de sorrir para seu marido.

Sentou no assento da bancada da cozinha e aceitou a torrada que Jacques lhe ofereceu. Eles não trocaram nenhuma palavra. Por um momento, Jeanne se levantou para dar uma olhada na janela. Estava nublado. Parecia que ficaria nublado pelo resto de sua vida. A fim de espantar esse pensamento, ela começou a contar os prendedores alinhados na metade congelada do varal. Após ter contado três vezes os prendedores desarrumados pelo vento, ela deu meia-volta e ficou plantada na cozinha, descalça, sem saber o que devia fazer.

– Que dia é hoje?

– Sexta-feira. Você quer que eu te sirva um café?

– Hã?

– Um café?

Jacques pegou uma xícara.

– Não. Obrigada.

Seu marido guardou a xícara, aproveitando para limpar algumas manchas invisíveis no armário.

– Onde está Lou-Anne? Perguntou ela.

– Na escola.

– Hum.

Jeanne contornou a bancada com a intenção de se sentar novamente com seu marido, mas no último momento mudou de ideia e voltou para o quarto. Jacques jogou fora a torrada de Jeanne e começou, pela terceira vez na mesma semana, a limpar o interior da geladeira. Ele não se deu conta disso até que sua mulher passou pela porta de entrada, alguns minutos mais tarde.

Incessantemente, as mesmas perguntas

sempre as mesmas
sem fim nem trégua
as mesmas perguntas

E minha dor para qualquer resposta.

15 de fevereiro

Há uma semana, ele me espionava por todos os lugares nos corredores da escola. A todo instante, sentia seu olhar me seguindo. Essa manhã, não aguentei. Não tinha coragem de me deixar ser observada como um animal enjaulado. Desviei da minha rota e me plantei em frente à sua mesa.

Não disse nada e fiquei olhando pra cara dele. Era um aluno mais velho. Provavelmente do quarto ou quinto ano.

– Por que você me segue por todo lugar?

– Eu não te sigo.

– Escuta, não estou sonhando. Você me observa há dias. O que você quer de mim?

Ele guardou o lanche e repousou seus olhos sobre os meus. Tive a impressão que ele me decifrava, via coisas em mim das quais eu ignorava a existência. Tremi, mas tentei deixar não transparecer.

– Eu sei o que você viu – ele me disse.

Cruzei meus braços. Fechei meus punhos, as unhas enterradas nas palmas das mãos. Era isso, então. Mais um que desejava manifestar sua maldita piedade, aquela que eu não queria. Não respondi nada. Tive vontade de gritar, berrar até explodir meus pulmões.

– Eu sei porque eu também passei por isso.

Queria mandá-lo embora, lhe dizer que o que eu passei não tinha nada a ver com o que ele poderia ter vivido, mas algo em seus olhos me impediu. Eu fiquei lá, com o maxilar serrado, pronta para morder. Então, de repente, como se eu tivesse recebido uma má notícia, só pude me sentar. Senti meus ombros afundarem e meu corpo deslizar no banco. Minha dor havia retomado. Não conseguia mais fixar meu olhar. Ele deve ter entendido isso como um encorajamento para continuar falando.

– Quando eu tinha oito anos meu pai se suicidou. Um tiro na cabeça. Eu não estava lá quando o encontraram. Nunca vi seu corpo. Passei anos sentindo a presença dele em todo lugar. Acreditava reconhecê-lo em cada pessoa. Seu andar, seu modo de usar o boné, quando não era seu riso me fazendo sobressaltar em uma sala de cinema. Jamais era ele. Eu não conseguia aceitar que ele havia me deixado sozinho. Ele voltaria para me procurar, é claro.

Ele olhou em minha direção antes de acrescentar:

– Acredite em mim. Eu sei o que você está vivendo.

Olhei para baixo. Não sabia o que dizer. Nenhuma palavra parecia ser conveniente. Não me lembro mais se fui eu que segurei sua mão ou se foi ele que segurou a minha. Tudo que sei é que, pela primeira vez desde a morte de Geneviève, me senti viva.

– Como você se chama?

– Lou-Anne.

– Simon.

onze

Por volta das catorze horas, Jacques estava em profunda reflexão, ajoelhado em frente à sapateira da entrada. Ele havia hesitado longamente entre uma organização por tamanhos ou por cores. No momento em que o telefone tocou, Jacques tinha optado por uma arrumação em ordem crescente. Era a secretária da escola de Lou-Anne que telefonava para avisá-lo da ausência da filha nas aulas vespertinas.

Imediatamente, Jacques não ligou muito. Lou--Anne também vivia um período difícil e ele até se perguntava às vezes como ela conseguia seguir com as aulas. Ela provavelmente havia tirado uma tarde de folga para passear pela cidade.

Mas, quando Pauline telefonou para avisar que Lou-Anne não voltou da escola e que ela não havia dado sinal de vida desde então, Jacques decidiu informar a esposa sobre a situação. Eram dezenove horas e ele devia sair de casa em meia hora para seu turno de trabalho.

No momento em que começou a subir as escadas, ele ainda não estava verdadeiramente inquieto. Às vezes acontecia de sua filha ir jantar na casa das amigas e esquecer de avisar. Porém, apesar de não ser um hábito de Jacques ser acometido por ideias sombrias, ele não pôde evitar, no topo da escada, visualizar alguns roteiros sombrios.

Ele ainda resistia contra aquelas ideias quando bateu na porta do quarto da esposa. Sem resposta. Ele girou suavemente a maçaneta e colocou a cabeça na porta entreaberta. O que ele viu apenas alimentou o sentimento de pânico que começava a dominá-lo: Jeanne não estava na cama.

Revirar essas águas dormentes
chacoalhar seus pântanos
perturbar seus afundamentos

atravessar o oceano a pé.

Mais tarde, tudo se desenrolou rapidamente. Simon propôs uma caminhada. Isso me pareceu a única coisa sensata a se fazer. Caminhar. Falar. Falar, caminhar.

Era como se, de repente, eu encontrasse o dom da fala após tê-lo perdido por uma eternidade. Tinha a impressão, desde a morte de Geneviève, que mais nenhuma palavra conseguiria apontar uma saída. Como se tudo estivesse condenado a se manter preso na minha garganta. Incapaz de dizer. E ali, repentinamente, sem que pudesse me conter, minha voz encontrava as palavras, todas as palavras, todas aquelas que me faziam mal e que martelavam na minha cabeça há dias e semanas. Tudo saía sem entraves nem censura.

Simon acolhia tudo sem reclamar. Eu não o assustava. Ele sabia. A dor que cada respiração me causava, o buraco enorme no meio do meu peito, a solidão avassaladora que parecia jamais ter fim. Ele carregava consigo o mesmo. Mas, além de tudo, eu tinha consciência de que ele havia sobrevivido a isso. Havia, então, uma maneira de sobreviver àquilo? Era possível não ser arrastada por alguém que se afogava?

Eu queria entender tudo. Sua dor, sua perda, sua solidão, porque elas também eram um pouco as minhas. Mas desejava também conhecer sua luz, sua retomada, sua salvação. Porque eu também tinha o desejo de retornar à superfície, de que me mostrassem o caminho para me reencontrar, para tirar a cabeça para fora d'água.

No momento em que finalmente paramos de falar, era noite. Nós havíamos caminhado por horas e havíamos terminado em um banco próximo ao Parque LaFontaine. Meu relógio indicava vinte e uma horas e quarenta minutos. Eu havia esquecido. Esquecido de jantar, esquecido de avisar minha avó. Quando tentei fazê-lo, ela não respondia mais. Tentei ligar em casa, mas sem muito sucesso. Meu pai provavelmente estava trabalhando, minha mãe deveria ainda estar mergulhada sob as cobertas lutando contra seus demônios interiores. Ninguém notara minha ausência.

doze

Jeanne pegou seu casaco e caminhou. Por muito tempo. Seus passos a conduziram naturalmente em direção a um curso d'água. O parque da Ilha da Visitação serviria perfeitamente para o que ela tinha que fazer. Confiar seu sofrimento à água. O riacho das Pradarias para apaziguar.

Ela fez tudo o que pôde para encontrar um pouco de calma em si mesma. Pensou em sua filha Geneviève. No que ela havia realizado e no que a levou àquilo. Em sua tia Berthe, morta afogada sob as águas de um lago congelado. Em sua mãe, Pauline, que também devia ter lutado para não afundar nas águas frias do lago, após a irmã. Em Lou-Anne, que devia enfrentar toda aquela água sozinha. E, finalmente, ela pensou em si mesma. No próprio sofrimento, em todo o peso, na água parada, como havia dito sua mãe. Ela gostaria de ter se reerguido, renovada de todas as marés mortas, de todos esses pântanos nos quais ela havia afundado tantas vezes.

Ela observava o rio correr. Mesmo no inverno, a água se movia. Mais lenta por conta do gelo, mas, ainda assim, em movimento. E foi naquela mesma água que ela buscou conforto e apoio. Por muito tempo, apoiada no parapeito com vista para o rio, ela pediu ajuda à água. Por ela, por sua mãe, por sua filha.

Quando Jeanne deixou o parque, já era noite.

Quero ter a paciência
dos dias longos
das paisagens sombrias

Quero ter a coragem
e a esperança dos dias que virão

15 de fevereiro, ainda

São vinte e duas horas. Estou no ônibus que me leva de volta para casa. Simon me levou até o ponto de ônibus. Antes de subir, tive tempo de lhe perguntar: “Quando nos veremos de novo?”. Não ouvi sua resposta, mas sei que será muito em breve.

treze

Inicialmente, Jacques não soube o que fazer. Ceder ao pânico não era de seu feitio, mas as últimas semanas tinham feito com que perdesse todos os parâmetros. Ele chamou Jeanne docemente, depois cada vez mais alto. Sua voz ressoava pela casa sem nenhuma resposta. Imagens começaram a se misturar em sua cabeça sem que ele pudesse controlá-las.

Ele encontrou o banheiro vazio. Por um curto instante, ele havia imaginado o pior. Aliviado por não ter descoberto sua mulher estendida no fundo da banheira, Jacques abriu correndo o armário de remédios, pegou algumas pílulas e esvaziou nervosamente o conteúdo no vaso sanitário.

Dirigiu-se para a garagem em seguida. Antes de abrir a porta que a separava da casa, colocou a mão nela como se tivesse previsto fogo do outro lado. A porta estava fria, mas tudo nele estava em chamas quando girou a maçaneta. O carro estava lá. O motor não estava ligado.

Jeanne não estava no carro. Jacques apoiou-se na porta e, com dificuldade, reprimiu uma náusea.

Em seguida, subiu para os quartos. Sua mulher não estava em nenhum dos cômodos. Ele olhou até embaixo das camas e abriu as portas do guarda-roupa.

Depois, deparou-se à última porta: a do quarto de Geneviève. Girou a maçaneta. Suavemente. O ar procurou um caminho até seus pulmões. Ele se segurou no batente da porta para não cair.

Tudo estava como sua filha havia deixado quase um mês antes. Roupas aqui e ali, livros começados que ela, porém, não terminaria jamais, desenhos e poemas na parede. Um copo d'água sobre sua mesinha de cabeceira. Sua cama, desfeita. Seu pijama, sobre o travesseiro, como se ela fosse retornar na mesma noite. Jacques relutou mas suportou o golpe.

Quando Jeanne voltou, ela encontrou o marido arrasado na cama da filha.

Respirar sob a água

Finalmente

17 de fevereiro

Essa noite tive um sonho. Esperava o ônibus com Simon. Era noite. Ao subir, não vi imediatamente que meu pai dirigia o ônibus. Ele também não me notou, concentrado demais em sorrir para minha mãe, sentada em seu banco habitual.

Quando o último passageiro desceu, meu pai apagou todas as luzes e pegamos a ponte Jacques-Cartier. Nós rodamos a noite toda, até chegar à beira do mar, no Maine. Meu pai estacionou o ônibus em frente à *nossa praia*. Aquela aonde íamos, todos os verões, quando éramos crianças. Geneviève e eu.

Colhemos conchas e pedrinhas. Por um longo tempo. Em silêncio. E, pela primeira vez desde a morte da minha irmã, tivemos um momento de paz. Juntos.

Entendi isso como um sinal.

Epílogo

4 de janeiro

Logo fará um ano que minha irmã morreu. Nós festejaremos meu aniversário na mesma data de sua morte e será assim pelo resto dos meus dias. Há agora um antes e um depois. Depois da minha irmã. Para toda a família. E, de certa forma, essa tragédia abriu os olhos de todos. Sobre o dever, a absoluta necessidade de se confessar e de ir em direção aos outros. Entender que jamais estamos sozinhos para viver o que vivemos e que sempre ganhamos ao partilhar o que está dentro de nós. Finalmente, compreendi. Gostaria que minha irmã tivesse tido tempo para compreender também.

Viajo amanhã. A escola organizou uma viagem para Vancouver. Levarei Geneviève comigo. Enfim encontrei um lugar onde ela estará em segurança: dentro de mim.

De alguma forma, ela verá tudo através dos meus olhos. Quero que ela veja o mundo e aquilo que ele conserva de belo. Nem todos os dias serão fáceis, mas quero viver. Experimentarei tudo o que minha irmã nunca viveu. Quero amar e ser amada. Ter filhos, lhes dar a vida e o gosto de vivê-la, por Geneviève, mas também porque a vida vale a pena. Agora me sinto convencida disso.

Minha avó sempre teve dificuldade em viver. Não se apaga uma vida de desencontros consigo mesma em alguns meses, mas aos poucos ela encontra uma relativa zona de conforto em seu desconforto. Ela está aprendendo a conviver com seu tédio, sem se deixar abater por ele.

Minha mãe é voluntária em uma organização de prevenção ao suicídio. Ela busca a esperança em todo lugar possível. São tantos anos para resgatar... E uma editora vai publicar os textos e desenhos de Geneviève.

Meu pai finalmente se permitiu viver a dor. Ele não sabe muito como fazê-lo. Ele, que sempre assumiu o papel de farol e de bússola para minha mãe, se sente um pouco mal na pele daquele que deve aceitar ajuda, mas está chegando lá aos poucos.

Nossa casa está um pouco esquisita com seus andaimes abandonados na fachada. Uma metade pintada de azul, um terço descascada na madeira e outra parte pintada de amarelo. Isso faz minha mãe rir. Ela diz ser a imagem perfeita da nossa família: em reconstrução.

Depois de um ano, compreendo melhor o gesto da minha irmã. Provavelmente, Geneviève não desejava a morte, mas cessar seu sofrimento. Talvez ela não tenha conseguido se dar conta de que sua escolha era definitiva e que a dificuldade para viver poderia ter sido apenas temporária.

Tudo passa. Como a maré que sobe e desce. É preciso acreditar nisso. É a ordem natural das coisas.

É a vida.

NOTA DA AUTORA

Nas minhas lembranças mais longínquas, sempre tive relações singulares com a morte. Minha adolescência foi particularmente fértil nesse sentido. A tal ponto que, de tanto me deixar levar por uma ideia romântica da morte, quis morrer aos quinze anos.

De qualquer maneira, desisti do meu suicídio. E hoje posso afirmar que finalmente consegui me reconciliar com a vida.

Dezessete anos mais tarde, escrever este livro me pareceu necessário para me libertar daquela jovem de quinze anos que não suportava mais estar viva e, talvez, para ajudar outros a escolherem amar a vida. E se deixarem ser amados por ela.

Que a leitura deste livro, longe de desencorajar, possa levar em direção à escolha de viver e gostar de viver.

SOBRE A AUTORA

ÉLAINE TURGEON nasceu em 1970 em Quebec (Canadá), onde vive até hoje. Por anos, foi professora do Ensino Primário e, posteriormente, tornou-se consultora pedagógica. Além de premiada autora de livros para crianças, é pesquisadora e leciona na Universidade de Quebec – onde realiza estudos sobre o uso de livros infantis em sala de aula. *Depois do azul* é seu primeiro livro para jovens.

NOTA DA EDIÇÃO BRASILEIRA

A história que você acabou de ler trata de um tema delicado, o suicídio. Acompanhamos personagens sob diferentes pontos de vista: o de quem comete suicídio e o daqueles que ficam e vivenciam o luto.

Há muitas razões para uma pessoa tirar a própria vida e, na maioria dos casos, é possível evitar que isso aconteça. Para tanto, é necessário que a pessoa busque ajuda e também que haja atenção de quem está à sua volta.

Mas, afinal, por que Geneviève parece não ter pedido ajuda? Por que as pessoas em torno dela não notaram a crise? O que ocorre, muitas vezes, é que quem passa por problemas como o de Geneviève sequer sabe que pode ser ajudado, tampouco que esses sentimentos são mais comuns do que imagina. Além disso, parentes e amigos não oferecem ajuda simplesmente por não saberem identificar os sinais ou por não conhecerem formas adequadas de abordagem.

Há algumas décadas, o câncer e doenças sexualmente transmissíveis, como a AIDS, eram um grande tabu. Por conta disso, o número de vítimas só aumentava a cada ano. Esse cenário começou a ser revertido graças ao engajamento da própria sociedade em falar a respeito desses temas e disseminar informações de prevenção e tratamento. É por isso que também devemos falar sobre suicídio, inclusive com os jovens. O silêncio também mata e falar pode salvar vidas. No Brasil temos mais vítimas de suicídio que de AIDS e da maioria dos tipos de câncer.

Para saber mais sobre o assunto, o CVV (Centro de Valorização da Vida) – organização filantrópica que presta serviço voluntário e gratuito de apoio emocional e prevenção do suicídio – elaborou um guia completo, disponível em: www.cvv.org.br/downloads/falando_abertamente_sobre_suicidio.pdf

Se, de alguma forma, você se identifica com o que passam as personagens deste livro, fale com seus familiares e amigos. Peça ajuda. Entre em contato com o CVV (acesse www.cvv.org.br/quero-conversar.php) ou com outra organização de apoio.

Lembre-se: você não está só.

SUA OPINIÃO É MUITO IMPORTANTE
Mande um e-mail para **opiniao@vreditoras.com.br**
com o título deste livro no campo "Assunto".
1ª edição, ago. 2017

FONTE National 12,2/14pt, Tiempos 10,7/14pt
PAPEL Holmen 60 g/m²
IMPRESSÃO Geográfica
LOTE G68326